Neuchâtel, Paris
1790

Le Mierre

Guillaume Tell

8° Yth
8179

GUILLAUME TELL
TRAGÉDIE,

PAR M. LEMIERRE;

Représentée pour la premiere fois par les Comédiens Français ordinaires du Roi, le 17 Décembre 1766, remise au Théâtre le 11 Décembre 1768.

NOUVELLE ÉDITION

Conforme à la Représentation.

A NEUCHATEL.

Et se trouve à PARIS,

Chez la veuve DUCHESNE, rue Saint-Jacques, au-dessous de la fontaine Saint-Benoît, au Temple du Goût.

1790.

PERSONNAGES.

GESLER, Gouverneur du Canton d'Uri.

GUILLAUME TELL.

MELCHTAL.

FURST.

WERNER.

(Tell, Melchtal, Furst, Werner : Suiſſes, Conjueés.)

CLÉOFÉ, femme de TELL.

SON FILS, Perſonnage muet.

ULRIC, Confident de GESLER.

UN OFFICIER.

GARDES.

PEUPLE.

La Scene ſe paſſe dans les Montagnes, près du Bourg d'Altdorff, & du lac de Lucerne.

GUILLAUME TELL, TRAGÉDIE.

ACTE PREMIER.

SCÈNE PREMIERE.

TELL, MELCHTAL.

TELL.

CHER Melchtal, est-ce toi? quelle faveur des Cieux,
Des rochers d'Undervaldt t'amene dans ces lieux,
Que le canton d'Uri va chérir ta présence,
Et combien dans Altdorff tu nous rends d'espérance!

MELCHTAL.

Pardonne si mon cœur ne ressent qu'à demi
Le plaisir de revoir, d'embrasser un ami,
Par les maux de ma vie & par ma destinée
La douceur de te voir est trop empoisonnée;
Quoi! nos cantons, cher Tell, sont-ils si séparés;
Quoi, mes malheurs ici seroient-ils ignorés?

TELL.

Qu'est-il donc arrivé! d'où peut naître ta plainte?...
Dans ce lieu retiré tu peux parler sans crainte,
Pour tous nos entretiens nos amis l'ont choisi,
Ton cœur d'un sombre effroi paroît encor saisi....

MELCHTAL.

Le barbare Gesler!... ami, tu vois les larmes,
Le desespoir d'un fils.

TELL.

Dieu! combien tu m'allarmes!

MELCHTAL.

Ce cruel Gouverneur sur la Suisse élevé,
De mes pleurs, de mon sang, Gesler s'est abreuvé,
Nul plus que moi, cher Tell, n'éprouva sa furie.

TELL.

Nul plus que moi, Melchtal ne haït sa barbarie:
Mais quels sont tes malheurs?

MELCHTAL.

Mon pere au pied des monts
Qui bordent Undervaldt & que nous habitons,
Ouvroit avec le soc son antique héritage,
Un Soldat se présente avide de pillage,
Et d'un bras forcené saisit les animaux
Qui servoient à pas lents ses rustiques travaux;
Gesler l'ordonne ainsi, toute priere est vaine,
Déjà le Satellite à ses yeux les emmene;
Je l'apperçois, j'y vole & le fer à la main
Je combats du tyran l'émissaire inhumain,
Le désarme & le force à relacher sa proie,
Vers mon pere aussi tôt je revole avec joie;
Qu'as-tu fait, me dit-il? ah! si je te suis cher,
Fuis, dérobe ta tête au courroux de Gesler,
Ne laisse point porter ce coup à ma vieillesse;
Fuis, te dis-je mon fils, épargne ma tendresse.
Je voulus, mais envain, combattre son effroi,
A sa crainte, à ses vœux je cédai malgré moi.
Je pars, j'erre en ces rocs dont partout se hérisse
Cette chaîne de monts qui courronnent la Suisse;
O trop fatal exil imprudemment cherché!
Tandis que ces rochers me retenoient caché,
Gesler ne respirant que sang & que vengeance,
Gesler fait amener mon pere en sa présence.
Que fait ton fils, dit-il, ton supplice est tout prêt,
Ou livre-moi Melchtal ou subis ton arrêt;
Mon pere pour réponse offre au tyran sa vie,
Et le cruel Gesler! ô crime, ô barbarie,
Dans les yeux de mon pere un glaive... jour d'horreur!
Mon sang se glace encor jusqu'au fond de mon cœur.

TELL.

Je reconnois Gesler & sa main meurtriere.

MELCHTAL

Privé de la clarté, mon trop malheureux pere,
Appesanti déjà sous le fardeau des ans,
N'a pu long-tems survivre à de pareils tourmens,
Loin d'un fils qu'en mourant il accusoit peut-être,
Il a fini ses jours dans les chaînes d'un traître,
Et quand je songe ami, qu'à ce meurtre abhorré,
C'est moi par mon absence, hélas! qui l'ai livré,
Je m'impute, cher Tell, sa mort & son supplice,
Et d'un lâche tyran je me crois le complice.

TELL.

Ami, je plains ton sort, mais quel est ton dessein?

MELCHTAL.

D'approcher de Gesler, de lui percer le sein,
De laver dans son sang son crime & mon outrage.

TELF.

C'est assez pour la haine & peu pour ton courage,
Dans un danger pressant où l'on craint tout pour soi.
La défense est forcée & n'attend pas la loi ;
Mais dans les maux publics, dans le commun murmure,
Il faut mettre en oubli souvent sa propre injure ;
Quelque vengeance ici qu'exige ton malheur,
Il est d'autres devoirs, d'autres soins pour ton cœur,
Donne un effet plus vaste à ta juste furie,
Venge plus que ton pere.

MELCHTAL.

Hé, qui donc ?

TELL.

La Patrie.
Vois l'abyme effroyable où nous sommes tombés,
Vois sous quel joug de fer nos peuples sont courbés ;
L'ambition sans frein, l'orgueil, la violence,
Pour nous persécuter armés de la puissance,
Le fardeau des impôts, les emprisonnemens,
Le pillage, le meurtre & les enlevemens,
Sur les moindres soupçons, les peines les plus dures,
La mort multipliée au milieu des tortures ;
Plus d'ordre, plus de loix, nos privilèges vains,
Le mépris ou l'oubli de tous les droits humains,
Landenberg & Gesler, ces monstres d'injustice,
Ainsi que deux vautours acharnés sur la Suisse,
Suivant pour toute loi dans leur autorité,
Leur infame avarice ou leur brutalité ;
Non, non, mon cher Melchtal, dans la publique injure
Ne borne pas tes soins à venger la nature ;
Immoler de tes maux le détestable auteur,
Ce ne seroit changer que de persécuteur,
Gesler mort, doutes-tu qu'Albert ne nous envoye
Quelque nouveau tyran dont nous serions la proye ;
Que dis-je ? après le coup qu'auroit porté ta main,
Tu n'aurois plus qu'à fuir comme un vil assassin ;
Sois fils, sois citoyen : si tu hais l'esclavage,
Pour savoir en sortir, il suffit du courage ;
Osons tout, joins ton bras à ceux de nos amis,
Dans un si grand dessein, dès long-tems affermis,
Qu'avec le même zele un même espoir t'anime,
Affranchis avec nous la Suisse qu'on opprime,
Et qu'après les forfaits dont il est l'artisan,
Gesler de nos Cantons soit le dernier tyran.

MELCHTAL.

J'embrasse ton dessein, j'accepte ces présages ;
Captifs sous nos tyrans, nos stériles courages,
Ainsi que sans emploi, demeurant sans éclat,

Partageoient le ſommeil du reſte l'Etat,
Nous n'euſſions ni vécu ni laiſſé de mémoire,
Il s'ouvre devant nous un vaſte champ de gloire,
Echappés pour jamais à notre obſcurité,
La vengeance nous mene à l'immortalité,
Et ſans rien emprunter d'un titre héréditaire,
Sans former nos honneurs d'une gloire étrangere.
Ennoblis par nos mains & par d'illuſtres coups
La ſplendeur de nos noms n'appartiendra qu'à nous.

TELL.

Peut-être peu d'éclat ſuivra notre entrepriſe,
Loin de ces mouvemens dont la terre eſt ſurpriſe,
Loin des ſoulevemens où des peuples voiſins,
Le peuple qui s'agite entraîne les deſtins,
Nous n'aurons ſignalé que le patriotiſme,
L'homme n'admire guere un ſi ſimple héroïſme,
Geſler même eſt trop vil pour que dans l'univers
Il nous ſoit glorieux d'avoir rompu nos fers,
Et le vain préjugé qui dans la tyrannie
Se plaît à ſuppoſer toujours quelque génie,
Voyant quel enſenſé nous a donné des loix,
Pourra nous mépriſer juſques dans nos exploits,
Sans voir quel poids nos mœurs donnent à nos outrages;
Et qu'on doit par l'obſtacle eſtimer les courages:
Mais l'honneur dont ici nous pourrions nous couvrir
N'eſt point le premier but où nous devons courir.
Sans dédaigner l'éclat qui ſuit la Renommée,
D'un ſentiment plus pur mon ame eſt enflammée;
On a trop préféré la gloire à la vertu,
De quelqu'éclat qu'un nom puiſſe être revêtu,
Je ne m'occupe point de cet eſpoir frivole;
Ami, pour mon pays tout entier je m'immole,
Qu'importe qui je ſois chez la poſtérité?
Nous affranchir, voilà notre immortalité,
Que de ſi grands projets par nos mains s'accompliſſent,
Que la Suiſſe ſoit libre, & que nos noms périſſent.

SCENE II.

TELL, MELCHTAL, FURST, WERNER.

TELL

APPROCHEZ, mes amis, Melchtal connu de vous
Pour nos projets communs ſe joint encore à nous,
Du féroce Geſler ſon pere eſt la victime,
Et vous pouvez juger du zele qui l'anime,
Puiſqu'il a dans ce jour à venger ſon pays
Comme concitoyen, & ſon ſang, comme fils.

FURST.

Nos nouveaux députés sont rentrés dans la Suisse,
Mais sans avoir d'Albert pu fléchir l'injustice ;
Vainement à ce prince ont-ils représenté.
Quel abus fait Gesler d'un pouvoir emprunté,
Et combien de nos maux la déplorable histoire
Pourroit d'Albert lui-même intéresser la gloire,
Ils n'ont pu rien gagner, & soit que l'empereur,
De son lâche ministre approuve la fureur,
Soit que le vil auteur de toutes nos injures
Ait de nos députés prévenu les murmures,
Ils ont vu rejetter leur plainte avec mépris.

WERNER.

Etrange aveuglement ! étrange tyrannie,
Qui croit d'un peuple entier corrompre le génie,
Et qui ne veut pas voir qu'il n'est point de traité,
Qu'il n'est point de partage avec la liberté !
Est-ce ainsi qu'aujourd'hui ce prince dégénere
De l'austere équité de son vertueux pere ?
Est-ce ainsi que Rodolphe nous a jadis traités ?
Nos droits, tant qu'il vécut, furent tous respectés.
La liberté tranquille au pied de nos montagnes,
De ses rustiques mains cultivoit nos campagnes ;
Et sans craindre de voir dans nos fertiles champs,
Tous nos fruits moissonnés par la faulx des tyrans,
L'abondance avec nous habitoit nos asyles,
Et la félicité descendoit sur nos villes.
Albert a tout détruit par son orgueil jaloux,
Sans songer que son pere étoit né parmi nous ;
Et que si dans l'Autriche Albert reçut la vie,
La Suisse étoit toujours sa premiere patrie.
Mais si nous haïssons ce prince impérieux,
Combien son émissaire est-il plus odieux ?
Hé, comment endurer que dans un rang précaire
On affecte, on exerce un pouvoir arbitraire ?
Comment souffrir un homme ambitieux & vain,
Qui n'est que créature & se fait souverain ;
Qui sans cesse abusant du pouvoir qu'on lui laisse,
Montre son insolence autant que sa bassesse,
Esclave intéressé de l'Autriche qu'il sert,
Le tyran des cantons, & le flatteur d'Albert ?
Il est tems, mes amis, de sortir d'esclavage :
Ensemble il faut venger notre commun outrage ;
Tous les autres partis seroient envain tentés.
Je l'avois bien prévu que tous nos députés,
N'obtenant rien d'Albert contre sa créature,
Ne nous rapporteroient qu'une nouvelle injure ;
De nos antiques mœurs la sauvage âpreté,

Le nerf de nos vertus, fruit de la pauvreté,
Nous ont fait dédaigner, nous ont fait méconnoître
D'un peuple ami du luxe, & qui vit sous un maître;
C'en est trop: les humains nés libres, nos égaux,
N'ont de joug à porter que celui des travaux.
Ami, que parmi nous la valeur rétablisse
Les droits de la nature & l'honneur de la Suisse.
Avec les maux publics dont le poids est sur nous,
Vous souffrez d'autres maux qui ne sont que pour vous:
Envers toi, cher Melchtal, Gesler fut un barbare,
Werner, envers vous-même un ravisseur avare:
Jurons tous que la nuit tombant sur ces hameaux,
N'aura point de ce chêne obscurci les rameaux,
Qu'à vos vaillantes mains la mienne réunie
N'ait de nos trois cantons chassé la tyrannie.
Protege, Dieu puissant, un peuple vertueux,
Un peuple né vaillant sans être ambitieux,
Qui, hors de ces rochers peu jaloux de s'étendre,
Ne veut point conquérir, mais ne veut point dépendre.
Je jure, mes amis, le premier dans vos mains.
De verser tout mon sang pour changer nos destins.

FURST.

Je jure que mon bras servira ton courage.

WERNER.

Par le même serment avec toi je m'engage.

MELCHTAL.

Nul ne fut par Gesler plus outragé que moi,
Et c'est le cri du sang qui garantit ma foi.

TELL.

J'apperçois Cléofé, qu'elle ignore nos trames:
Ayez le même égard, mes amis, pour vos femmes.
Sans doute le projet entre nous concerté
N'a rien à redouter de leur légéreté;
Mais pourquoi leur donner des allarmes cruelles?
Les dangers sont pour nous, le repos est pour elles:
Et toute confidence inutile au dessein
Part de peu de courage, ou d'un cœur incertain.

SCENE III.

TELL, CLÉOFÉ.

CLÉOFÉ.

POURQUOI vous séparer? par quelle défiance
N'osez-vous donc ici parler en ma présence?

TELL.

J'épargne à ton repos des discours importuns,
De tristes entretiens sur nos malheurs communs.

Hé, que te serviroit le récit de nos craintes,
Les cris des mécontens, & d'inutiles plaintes
Sur le joug odieux à ce peuple imposé,
Et qui depuis long-tems devroit être brisé,
N'avoir pu vous défendre ! ah ! c'est-là notre honte !
Nous devions de vos droits vous rendre un meilleur compte,
De votre liberté nous étions les garans,
Et quand nous vous laissons sous la main des tyrans,
Vous pouvez justement à nos foibles courages,
Autant qu'aux oppresseurs reprocher vos outrages.
Mais des maux de l'état que du moins sous vos toîts,
La paix de la famille adoucisse le poids.
Goûtez sans trouble au moins ces charmes domestiques,
En entendant gronder les tempêtes publiques....
Quittons ces lieux.

CLÉOFÉ.

Arrête, & de veiller sur nous,
De nous tant protéger, montre-toi moins jaloux.
Vous le voyez assez, le désastre où vous êtes
N'est l'ouvrage du sort, ni le fruit des défaites.
C'est l'esprit général une fois relâché,
Le soutien étranger que ce peuple a cherché,
Qui seuls ont de l'état renversé la fortune;
Lorsque l'état périt, c'est la faute commune,
Et s'il est un remede, il doit venir de tous.

TELL.

Hé ! pouvons-nous jamais nous séparer de vous

CLÉOFÉ.

Pourquoi donc affecter avec moi ce mystère,
Et te cacher de moi comme d'une étrangère ?
Que les femmes ailleurs dans l'état soient sans voix,
Qu'ailleurs leur ascendant fasse taire les loix,
Où les mœurs ne sont rien, il n'est rien qui surprenne:
Mais chacune de nous est ici citoyenne,
Chacune toujours libre & partageant vos droits,
En cultivant ses champs, s'occupe de ses loix,
Et si dans vos conseils, si dans vos assemblées,
Vos femmes avec vous ne sont point appellées,
Ah ! sans doute ce fut le chef-d'œuvre des mœurs,
Qu'on ait cru que l'hymen, que l'union des mœurs,
Dans votre volonté ne montrant que la nôtre,
Ce qu'un sexe décide est consenti par l'autre.
Si c'est sous votre garde & par vos soins guerriers,
Que nous vivons en paix au sein de nos foyers,
Le soin de nos enfans étant ce qui nous touche,
Les premieres leçons sortent de notre bouche:
C'est nous qui de nos loix leur inspirons l'amour,
L'esprit qu'à vos conseils ils porteront un jour.

Et des lieux où jamais nous ne ferions comptées,
Il nous faudroit attendre en esclaves traitées,
L'impérieux décret que vous auriez porté !
Non ; dès que votre orgueil agit d'autorité,
Plus de devoirs pour nous, & la loi ne nous lie,
Qu'autant qu'elle est par nous reçue & consentie.
Tu parle de tyrans; que nous importe à nous
D'être esclaves par eux, ou de l'être par vous ?

TELL.

Nous vos tyrans ! ah Dieu ! cette loi qu'on déteste,
Cette loi du plus fort, ce droit lâche & funeste,
Par qui dans les cités tout ordre est perverti,
Sur vos têtes par nous feroit appesanti !
Dans une république où la liberté chère
Ne vit, ne s'affermit qu'autant qu'elle est entière ;
L'heureuse égalité qui lui sert de soutien,
Ce titre si sacré pour chaque citoyen,
Dont tu vois dans l'état nos ames si jalouses,
S'il subsiste en sa force, ah, c'est pour nos épouses !
Non, nous connoissons trop, nous gardons mieux vos droits,
Fondés sur la justice & le respect des loix,
L'amour en est garant autant que l'honneur même.
Peut-on jamais vouloir asservir ce qu'on aime.

CLÉOFÉ.

Et tu feins avec moi; je viens dans ces mommens
Vers ces mêmes rochers d'entendre vos sermens.

TELL.

Que dis-tu, Cléofé ?

CLÉOFÉ.

Tu frémis, tu m'offenses,
Ah, cher Tell, avec moi bannis les défiances ?
J'ai vu depuis un tems ton secret embarras,
Tu m'évitois envain, j'observois tous tes pas;
Soigneux de te cacher d'une épouse qui t'aime,
Tu t'es enfin trahi par ta prudence même,
Eh ! pouvois-tu tromper mes regards pénétrans ?
Je déteste avec toi l'orgueil de nos tyrans ;
A leur lâche fureur mon pays est en butte,
Nul ne sait dans Alldorff plus de vœux pour leur chûte;
Mais quel est ton espoir ? où vas-tu t'engager ?
Ce perfide oppresseur dont tu veux nous venger,
D'infames surveillans infectant ce rivage,
Laisse-t-il contre lui quelque place au courage ;
Je sais qu'un citoyen sous le joug d'un pervers,
Ose tout au hasard pour sortir de ses fers ;
Mais tu vois de Gesler le pouvoir & la haine,
Ah ! crains de resserrer encor plus notre chaine,
Et sans nous affranchir, sans sauver ton pays,
Crains de te perdre toi, ton épouse & ton fils.

TELL.

C'est trop t'exagérer les maux que tu redoutes,
Tes frayeurs vont trop loin ; ces moyens dont tu doutes,
Nos ressources encor ne te sont pas connus,
Vois par quel ferme espoir nous sommes soutenus ;
Tandis que sous le joug qui l'accable & l'outrage,
La Suisse laisse encore abattre son courage ;
Uri, Schweitz, Undervald, gardent avec fierté
Le profond sentiment de notre liberté ;
C'est aux cœurs indomptés, & tels que sont les nôtres,
C'est à nos trois cantons à reveiller les autres,
Nous n'exciterons point des esprits énervés,
Morts à la liberté dont on les a privés,
Insensibles au joug, & ne pouvant reprendre,
Ou conserver le bien que l'on voudroit leur rendre,
Loin des troubles civils qui perdent les Etats,
Nous ne livrerons point de ces tristes combats.
Où les concitoyens, les amis & les freres
Sont jettés au hasard dans des partis contraires ;
Où pour voir triompher un généreux dessein,
Dans un sang que l'on aime, il faut plonger sa main ;
Ici, la même cause & nous arme & nous lie,
D'un côté, nos tyrans, de l'autre la patrie ;
Et loin que nos combats doivent la déchirer,
C'est au bruit de nos coups qu'elle va respirer ;
Tu connois nos sermens ; on vient, soit rassurée,
Renferme au moins la crainte où ton ame est livrée.

SCENE IV.

FURST, TELL, CLÉOFÉ.

FURST.

Ah ! savez-vous quel bruit se répand sourdement !
Le Gouverneur ici craint quelque mouvement ;
On dit que des complots pour prévenir les suites,
Il place autour d'Aldorff de nouveaux Satellites,
Et cachant le courroux dont il est transporté
Pour tromper les esprits feint de s'être écarté.

TELL.

(à part.)

Sachons quels sont ces bruits. Voyons ce qu'il faut faire,
Connoissons ce qu'il faut qu'on craigne ou qu'on espere.

CLÉOFÉ.

Tu viens de voir Melchtal, & j'apprends ses malheurs,
Il laisse imprudemment éclater ses douleurs,
L'imprudent est à craindre & même autant qu'un traître,
Lui-même à tout moment on peut le reconnoître ;

Que je crains l'amitié qui t'unit à Melchtal.

TELL.

Eloigne Cléofé ce préfage fatal ;
Sortons, examinons ; aux Soldats qu'on raffemble,
Aux mefures qu'on prend, je vois que Gefler tremble ;
Il montroit une fauffe & vaine fermeté,
Il craint dans tous les cœurs ce cri de liberté,
Il craint ce premier droit de ceux qu'on perfécute,
Qui de la tyrannie amene enfin la chûte.

ACTE II.

SCENE PREMIERE.

GESLER, ULRIC.

ULRIC.

Oui, Seigneur, c'eft ici, c'eft du moins vers ces lieux,
Non loin de ce château, fous ces rocs fourcilleux,
Que ces mutins, dit-on, affidus à fe rendre
Ont paru s'affembler, s'entretenir, s'attendre,
Tantôt pendant le jour, & tantôt fur le foir;
Cet avis vous importe, & j'ai fait mon devoir.

GESLER.

On auroit cette audace ! une horde groffière
Contre Gefler, ici, lever fa tête altière !
L'habitude des fers ne pourra donc agir !
Dans fa chaîne, toujours je l'entendrai rugir.

ULRIC.

Vous connoiffez, Seigneur, quelle humeur inflexible
Rendit, à vos bontés, tout ce peuple infenfible.
On les vit repouffer votre bras protecteur;
Ce que votre bonté n'a pû fur leur hauteur,
Penfez-vous aujourd'hui que la rigueur le puiffe?
Ils confervent l'efpoir de révolter la Suiffe,
Rien ne peut détacher leur efprit indompté
De ce fantôme vain qu'ils nomment liberté ;
Les murmures par-tout, les plaintes retentiffent,
Et tous ces mécontens l'un par l'autre s'aigriffent.

GESLER.

En difcours impuiffans laiffe-les tout ofer,
Se débattre en leurs fers.

ULRIC.

Ils peuvent les brifer.

GESLER.

Non : des plaintes, crois-moi, la frivole licence
Sert à donner le change à leur impatience,

Ce peuple la soulage en croyant s'y livrer,
Quelque superbe espoir qui les puisse ennivrer,
Dans ces ames qu'au joug ma puissance accoutume,
S'il est quelque vigueur, la plainte la consume.
Ulric, non, ce n'est plus ce peuple de Gaulois
Fier de son origine, & qu'on vit autrefois,
Dans la témérité de ses fougues guerrieres,
Las d'habiter ses rocs, embrâser ses chaumieres,
Lui-même se forcer au-delà de ces monts
A chercher par le fer des pays plus féconds,
Et bravant des Romains la puissance suprême,
Jusqu'aux bords de la Saône attaquer César même.
Sous le joug féodal, tout ce peuple abattu,
A perdu dès long-tems son antique vertu,
Et de tant de vaillance à lui-même funeste,
L'opiniâtreté, voilà ce qui lui reste.
Moi, loin de m'abaisser à craindre ces mutins,
J'amenerai le tems où ces esprits hautains
Dont tu vois aujourd'hui la révolte & la haine,
Engourdis à la fin sous le poids de leur chaîne,
Ne la sentiront plus; où ces deux mots, Ulric,
Patrie & liberté, ce double cri public,
Ne sera qu'un vain son chez ce peuple farouche,
Et ses destins passés une fable en sa bouche.

ULRIC.

Cependant ces cantons, de l'Autriche, ennemis
Lui résistent encor lorsque tout est soumis.

GESLER.

On ne peut les gagner, il faut donc les réduire,
Puisqu'enfin autrement on ne peut les conduire;
Rodolphe, par trop d'égards & par trop de bonté,
De loin ouvrit le champ à leur témérité,
Ce peuple, sous Rodolphe, qui fut mal le connoître
Avoit un protecteur au lieu d'avoir un maître,
Ils vivoient sous l'empire & non sous l'empereur.
Son fils, de ces égards a reconnu l'erreur,
Son fils, moins indulgent & meilleur politique
N'a point laissé plier son sceptre despotique,
Et si de ce pays il m'a fait gouverneur,
Du rang qu'il m'a donné je soutiendrai l'honneur;
Pour réprimer ce peuple & son audace extrême,
J'irai plus loin encor qu'Albert n'iroit lui-même.

ULRIC.

Hé que résolvez-vous?

GESLER.

D'armer, avec le tems,
Tous les autres cantons contre ces mécontens,
Et d'entraîner ainsi dans la chaîne commune
Tout ce qui peut encor traverser ma fortune.

Je vais en attendant, je vais plus que jamais
Resserrer dans leurs fers ces esprits inquiets;
Plus à mes loix, Ulric, ils veulent se soustraire
Et plus je déploirai le pouvoir arbitraire;
Vouloir les gouverner sur un plan mesuré,
C'est traiter avec eux, c'est regner à leur gré,
C'est conduire leurs pas dans la route éclairée
Qu'avant nous leur raison leur a déja montrée,
C'est d'elle, & non de nous, qu'ils dépendent alors;
Que dis-je? leur laisser l'examen des ressorts,
Nous-mêmes, c'est sur nous tourner la dépendance,
Et s'il vient un moment où leur obéissance
Doit suivre aveuglément nos ordres absolus,
Trop faits à nous juger ils n'obéiront plus.
Notre conduite ainsi seroit donc incertaine,
Nos ordres limités, notre autorité vaine;
Il faut, pour s'assurer de leur soumission,
S'asservir leur pensée, éteindre leur raison,
Et leur donnant des loix bisarres, inutiles,
Ne laisser que l'instinct à ces esprits serviles.
Peuple indocile & vain dont la témérité
Croit braver mes rigueurs comme il fit ma bonté,
Il n'est rien que Gesler n'entreprenne & n'invente
Pour vaincre en ces cantons cette humeur turbulente;
Je te gouvernerai seulement par l'effroi
Le front dans la poussiere & tremblant devant moi;
Sous mon joug quel qu'il soit il faut que tu fléchisses,
Et respectes de moi, tout, jusqu'à mes caprices,
Et qu'enfin ton esprit, par la crainte dompté,
N'ose plus rien vouloir que par ma volonté.

SCENE II.

ULRIC, GESLER, UN OFFICIER.

L'OFFICIER.

Dans la place, Seigneur, les murmures augmentent,
Et même en plus d'un lieu les révoltes fermentent;
Votre seule présence ici peut contenir
Tous ces audacieux qu'il vous faudroit punir,
Et lorsqu'ils vous verront.

GESLER.

Qu'entens-je?

L'OFFICIER.

Le tems presse,
Le désordre est par tout; si vous voulez qu'il cesse,
Venez, plus d'une fois dans ses transports jaloux
Ce peuple tout-à-coup se calma devant vous.
Paroissez à leurs yeux.

GESLER.

Les mutins ! ma présence !
Non, c'est trop honorer leur aveugle insolence,
Ce peuple me croit-il fait pour le redouter ?
C'est par le mépris seul que je dois le dompter.
Tiens : de la liberté tel fut jadis l'emblême,
J'en veux faire un trophée au despotisme même.

(Il donne son chapeau à l'Officier.)

Je prétends que ce peuple, asservi sous ma loi,
Rende à ce signe vain le même honneur qu'à moi.
Qu'on l'attache à l'instant au milieu de la place,
Que sans lui rendre hommage aucun mortel n'y passe.
Prends ma garde, parois devant ces mécontens,
Et reviens m'informer du succès que j'attens.

SCENE III.

GESLER, ULRIC.

GESLER.

VA, de l'autorité tout acte despotique
Est dans d'habiles mains un ressort politique;
On a trop condamné l'affront dont au Sénat,
Un Empereur altier couvrit le Consulat,
Et tous ces autres traits de libre fantaisie
Que se permit des grands la puissance hardie.
Qu'importe le moyen, ou le signe employé,
Pourvu que sous la loi le peuple soit ployé !
Pour frapper les esprits faut-il donc tant d'étude,
Les signes ont toujours conduit la multitude,
Et pour être reçus, pour être respectés,
Il suffit qu'au hazard ils lui soient présentés.
L'on attache l'idée & l'on obtient l'hommage,
Ce qu'invente l'orgueil se soutient par l'usage ;
Le signe que je donne aura plus d'un effet ;
En façonnant au joug tout ce peuple inquiet,
Il fait des factions sortir les étincelles,
Il me sert de lumière & de piége aux rebelles.
Mais je vois un mortel s'avancer vers ces lieux,
Ce simple vêtement me déguise à ses yeux ;
Vers ces rocs écartés tu m'as dit qu'on s'assemble,
Je veux l'entretenir, si c'est un d'eux, qu'il tremble.
Toi, sans trop t'éloigner, Ulric, retire-toi,
Sois prêt au moindre mot à revoler vers moi.

SCENE IV.

MELCHTAL, GESLER.

MELCHTAL.

AUCUN de mes amis ne se présente encore,
Qui peut les arrêter ?

GESLER.

Il hésite, il ignore
Qui je suis... avançons... instruisez-moi, sait-on
Quels nouveaux mouvement ont troublé ce canton ?
Que dit-on de Gesler ?

MELCHTAL.

Gesler ! hé ! que vous dire ?
On sait que sous Gesler... Je ne puis vous instruire,
Ce peuple voit assez qu'il n'est plus de repos,
Et sous de dures loix, n'augure que des maux.

GESLER.

Il se plaint justement du destin qui l'accable ;
Mais enfin ce Gesler est-il le seul coupable ?
Il n'est que l'instrument dont l'empereur se sert,
Hé, n'a-t-on pas sur-tout à se plaindre d'Albert !

MELCHTAL.

Albert est excusable au fond de ses provinces,
Albert ne voit pas tout, c'est le malheur des princes.

GESLER.

Oui, sans doute ; je sais qu'il est des mécontens,
Et leur parti, dit-on, s'est formé dès long-tems.

MELCHTAL.

Il n'est point de partis & même il n'en peut être ;
Le murmure commun s'est assez fait connoître,
Par-tout le joug public pese d'un poids égal :
Mais que peut la vertu dans le sort général ?
Le ciel qui voit nos maux, qui les permet encore,
Leur a marqué sans doute un terme que j'ignore.

GESLER.

Ce peuple est opprimé, j'en conviens avec vous ;
Mais on lui promettoit un traitement plus doux :
Que n'attend-il encore l'effet de ces promesses.....

MELCHTAL.

Hé ! ce sont ces faveurs, ces perfides caresses,
Qui plus que la menace ont aigri les esprits :
C'est à la violence ajouter le mépris,
Que d'oser chez un peuple aussi libre que brave
Forcer la volonté d'être elle-même esclave :
Mais en vain aux esprits ont cru donner ce pli,
Ce peuple aime mieux être opprimé qu'avili.

GESLER.

Qu'il s'étonne donc moins que la rigueur agisse.

MELCHTAL.

Et Gesler de se voir si haï dans la Suisse.

GESLER.

Haï !

MELCHTAL.

C'en est assez ; rompons cet entretien :
Vous servez les tyrans, je cherche un citoyen.

GESLER.

GESLER.

Arrête.

MELCHTAL.

Hé de quel droit?

GESLER.

Arrête, téméraire.

MELCHTAL.

Eh quoi! du gouverneur serois-tu l'émissaire?

GESLER.

Tu vois Gesler lui-même.

MELCHTAL.

O surprise! ô fureur!

GESLER.

Gardes, qu'on le saisisse.

MELCHTAL.

O trop fatale erreur!

SCENE V.

ULRIC, MELCHTAL, GESLER, GARDES.

ULRIC.

Seigneur, j'acours vers vous.

MELCHTAL.

C'est toi, vil satellite!
Toi que je combattis & que je mis en fuite.

GESLER.

Toi, rebelle!

MELCHTAL.

Et mon cœur n'en a rien pressenti,
Ma haine à ton aspect ne m'a point averti,
Le ciel qui veut ma perte, & qui veut mon outrage,
En t'offrant à mes yeux, te cachoit à ma rage;
Absent d'un pere, hélas! sans prévoir ta fureur,
Si près de toi, tyran, sans te percer le cœur,
Inhabile à venger la tête la plus chere,
Deux fois mon mauvais sort m'a fait trahir mon pere.

GESLER.

Ton châtiment est prêt, mortel audacieux,
Depuis quand bravois-tu ma présence en ces lieux.

MELCHTAL.

Tu peux juger du tems, puisque tu vis encore,
Puisque j'ai pu parler au monstre que j'abhorre.

GESLER.

Allez, & dans la tour qu'on entraine ses pas.

MELCHTAL.

Va, lâche, va, poursuis, comble tes attentats!
Cet horrible moment me livre à ta vengeance,
J'ai laissé sous tes coups mon pere sans défense;

Punis-moi des malheurs où je suis parvenu,
Mais punis-moi sur-tout de t'avoir méconnu.

SCENE VI.

GESLER, ULRIC.

GESLER.

Ce rebelle en ces lieux! avoir eu l'insolence,
Seulement d'y paroître après sa résistance;
Mais le sort me le livre. Eh! depuis quand crois-tu,
Que dans les murs d'Altdorff ce Melchtal ait paru?

ULRIC.

Depuis qu'il aura su le supplice d'un père,
Sans doute, mais j'ignore.....

GESLER.

Et cet arrêt sévère
N'a point intimidé ce jeune audacieux;
Un aveugle courroux l'attiroit dans ces lieux:
Je connois son dessein, il suffit, point de grace.
Mais dans la place, Ulric, dis-moi ce qui se passe;
N'est-il point de tumulte? ai-je enfin d'un coup d'œil,
De ce peuple à mes pieds fait tomber tout l'orgueil.

ULRIC.

Jusqu'ici sous vos loix on fléchit dans la place,
Nul encor de Gesler ne brave la menace;
Et leur soumission.

GESLER.

Je te l'avois bien dit,
Va, c'est ainsi, crois-moi, que le peuple est conduit,
C'est par sa propre main qu'on lui forge sa chaîne,
Qu'importe des esprits le murmure ou la haine;
Le coursier obéit à la plus foible main,
Il ignore sa force, & c'est son premier frein;
(*appercevant dans les rochers Tell & ses amis*)
Citoyens de la Suisse, êtes-vous des rebelles,
Tremblez, je punirois vos trames criminelles;
Un de vous est déja par mon ordre arrêté,
Malheur à qui résiste à mon autorité.

SCENE VII.

TELL, WERNER.

TELL.

O comble de l'audace & de la tyrannie!
O jour de la bassesse & de l'ignominie!
Dieu! devant quel objet ce peuple est prosterné!
Quoi! c'est peu de gémir à son joug enchaîné.

Il baise encor la main de celui qui l'insulte,
Le despotisme exige, & peut trouver un culte;
Ah! cet opprobre insigne; & qui scelle nos fers,
Passe tous les affronts que ce peuple a soufferts;
Est-ce là ce canton libre, exempt de foiblesses,
Qui brava les tyrans jusques dans leurs caresses;
L'offre de la faveur n'avoit pu l'ébranler,
Ea menace l'étonne, & je le vois trembler.

SCENE VIII.

FURST, TELL, WERNER.

TELL.

Vous voyez, mes amis, quel est notre esclavage;
L'oppression par-tout: chaque jour nous outrage.

FURST.

Ah! nous perdons Melchtal, il vient d'être arrêté.

TELL.

Lui! Melchtal! Hé comment! quelle fatalité!

WERNER.

De Gesler il a du redouter la colere.
Gesler sur les chemins eut plus d'un émissaire,
Dont la fureur vénale & les yeux ennemis,
Après le pere encore auront cherché le fils.

TELL.

Et nous pouvons souffrir un tyran si farouche!
Et sur de tels forfaits que ce soleil se couche!
Ce moment nous flétrit, la perte de Melchtal,
De notre liberté doit être le signal.

FURST.

Ah! tu ne peux douter que mon cœur ne partage
Ton indignation à ce nouvel outrage:
Mais dans les grands desseins où tous nous avons part,
Donner trop au courroux, c'est donner au hasard:
Devant tous les châteaux que nous devons surprendre,
Et nous & nos amis nous ne pourrions nous rendre,
N'attaquer aujourd'hui que Sarn & Rotzemberg,
Ce seroit avertir le cruel Landenberg.
Cet autre affreux tyran dont les mains vangeresses
Auroient bientôt muni les autres forteresses.
Amis, pour le succès de nos communs efforts,
Il faut en même-tems attaquer tous les forts.
L'avis est en secret donné dans les campagnes,
Que dès que l'on verra sur le haut des montagnes
Briller de loin en loin des fanaux allumés,
Ce sera le signal aux citoyens armés;
Mais pour premier fanal dans la Suisse avertie,
Que cette tour par nous de feux soit investie,

Et que sur ses débris il s'éleve un autel
Pour attester nos coups & la faveur du ciel.

TELL.

Hâtons-nous : fais marcher sous de différens guides
Vers les divers châteaux nos amis intrépides,
Tandis que sur le lac, je vais avec Werner,
Attaquer dans la nuit le château de Gesler;
Et si, par d'heureux coups, dignes de nos ancêtres;
De ces différens forts nous nous rendons les maîtres,
Bornons-là nos exploits; sachons être assez grands.
Pour ne pas nous souiller du sang de nos tyrans :
Et les traînant au loin jusques sur nos frontieres,
Marquons-leur ces rochers & ces monts pour barrieres.

ACTE III.

SCENE PREMIERE.

GESLER, ULRIC.

GESLER.

Quoi! c'est peu que Melchtal s'expose à ma fureur,
Ses fers n'ont point ici répandu la terreur :
Il semble qu'il excite un autre téméraire,
Dans le même moment, à braver ma colere,
Malgré l'ordre absolu dans la place donné,
Un seul debout, Ulric, quand tout est prosterné!
Signaler en public son imprudente audace,
Enseigner la révolte en bravant ma menace.

ULRIC.

Seigneur, par votre garde il vient d'être arrêté :
Il va, chargé de fers, vous être présenté.

GESLER.

Hé, quel est ce mortel ?

ULRIC.

Sa fortune est obscure,
Sa force est le seul bien qu'il tient de la nature;
C'est un de ces humains qui courbés dans leurs champs,
De la terre avec peine arrachent les présens :
Mais dans son sort obscur, seigneur, dans sa bassesse,
Il s'est fait remarquer long-tems par son adresse :
Une flèche, dit-on, sous son coup d'œil certain,
Frappa toujours le but au sortir de sa main.

GESLER.

Hé! lorsqu'on l'a saisi pour venger mon injure,
Tu n'as point dans le peuple, entendu de murmure ?

ULRIC.

D'un desir curieux, tout le peuple agité,
En tumulte a couru le voyant arrêté.

Ils murmuroient, Seigneur, mais pour sa délivrance;
On n'ose rien tenter, au moins en apparence;
Nul ne s'est déclaré pour lui servir d'appui.
Au milieu de ce peuple en foule autour de lui,
Le prisonnier marchoit, sans que sur son visage,
On vît du repentir le moindre témoignage.
Je ne sais quoi d'altier paroissoit dans ses yeux;
C'est l'un, n'en doutez point, de ces séditieux;
Qui troublant en secret ce canton par leur plainte,
A votre autorité voudroient porter atteinte.

GESLER.

Qu'on amene Melchtal, je veux le confronter
Devant l'audacieux que l'on vient d'arrêter:
Un doux pressentiment qui flatte ma vengeance,
Me dit qu'avec Melchtal, il est d'intelligence;
Mais n'eût-il point de part aux troubles des cantons,
M'avoir désobéi, voilà ses trahisons.
Tant d'audace à mes yeux le rend assez coupable;
Lui-même, des complots, il sera responsable.

SCENE II.

TELL, *enchaîné.* GESLER.

GESLER.

APPROCHE, vil mortel, quelle témérité
Te révolte aujourd'hui contre ma volonté?
Quel es-tu pour m'oser refuser ton hommage?

TELL.

Un Citoyen, Gesler, lassé de l'esclavage.

GESLER.

Frémis, audacieux, Gesler s'est déclaré
Sous le signe qu'il donne il veut être honoré.

TELL.

Honoré! de quel droit parmi nous veux-tu l'être?
Hé quoi! dans Albert même avons-nous donc un maître?
Et s'il dût t'envoyer, si tu fus revêtu
De son autorité, quel usage en fais-tu?

GESLER.

Méconnoître mes loix & braver ma puissance!

TELL.

Te jouer jusques-là de notre obéissance.

GESLER.

Est-ce à toi d'en juger? C'est à toi d'obéir.

TELL.

C'est à toi de tout craindre en te faisant haïr.
La Suisse est sous le joug; mais pour être asservie,
Pour être aux fers, crois-tu qu'elle y soit endormie.

GESLER.

Tu troublois ce canton,

TELL.

Toi seul, tu l'as troublé.
En assujettissant tout ce peuple accablé,
En ajoutant aux maux que font tes injustices,
Tant de bisarres loix que donnent tes caprices.

GESLER.

Mortel opiniâtre, aveugle en ta hauteur,
Hé que t'en coutoit-il pour obéir ?

TELL.

L'honneur.
Quelle Loi peut jamais paroître indifférente,
Dès qu'on voit le dessein de la rendre insultante:
Quels sont les gens de cœur au courage nourris
Dont le sang ne s'enflâme aux marques du mépris ?
Et c'est un peuple entier né pour l'indépendance,
Dont tu peux à ce point tenter la patience,
Qu'à tant d'indignités tu crois accoutumer,
Est-ce trop peu pour toi que d'oser l'opprimer ?
Songes-y bien, Gesler, rien n'est long-tems extrême,
L'arc qu'on tient trop tendu se brise de lui-même,
Et lorsqu'à cet excès l'esclavage est monté;
L'esclavage, crois-moi, touche à la liberté.
Vois-tu sur ces rochers élevés jusqu'aux nues,
Ces monceaux éternels de neiges suspendues,
Le peu qui s'en détache & grossit en tombant;
Souvent le moindre amas entraina le plus grand,
Ne crains-tu point qu'ainsi dans la Suisse indignée,
De nos concitoyens une foible poignée,
S'arrachant la premiere au joug que nous portons,
Ne souleve d'un cri le reste des Cantons.

GESLER.

Rebelle ! j'ai souffert trop long-tems ton audace,
Au lieu de m'implorer, de demander ta grace,
D'aller la mériter en remplissant ma loi,
En saluant l'image où j'ai voulu....

TELL.

Qui ? moi ?
Moi ! j'irois réparer l'outrage chimérique
Que croit avoir reçu ton orgueil despotique !
J'irois me démentir : méprisable à la fois,
De braver en un jour, & de suivre tes loix;
Ne crois pas à ce point abaisser mon courage,
En refusant, Gesler, de te rendre l'hommage
Que tu viens d'exiger de ce peuple avili,
J'ai soutenu nos droits qu'il mettoit en oubli,
J'ai vengé mon pays des jeux de ton caprice,
J'ai montré que l'honneur est encor dans la Suisse;
Nous avons trop long-tems souffert de tes dédains,
Et je perdrois ici des reproches trop vains;

Mais si ce jour eût vu commencer nos outrages,
Je te dirois, Gesler, vois mieux tes avantages;
Connois un autre orgueil & plus noble & plus grand,
Renonce le premier aux respects qu'on te rend,
Et songe, en rougissant de la honte où nous sommes,
Que ce n'est pas ainsi qu'on commande à des hommes.

SCENE III.

ULRIC, GESLER, TELL, MELCHTAL, *enchaîné.*

GESLER.

HÉ bien, Ulric!

ULRIC.

Melchtal, amené dans ces lieux,
Seigneur, vient sur mes pas reparoître à vos yeux.

GESLER, *à Melchtal.*

Avance, malheureux!

MELCHTAL.

Quelle fureur t'anime!

GESLER, *voyant sa surprise devant Tell.*

Tu le connois!

MELCHTAL.

Grand Dieu! Tell aussi ta victime?

GESLER.

Tu quittois Undervald pour le chercher ici,
Traîtres, de vos desseins c'est m'avoir éclairci.

MELCHTAL.

Je quittois mon Canton: hé, pouvois-je, barbare!
Quand d'un pere immolé ta fureur me sépare,
Pouvois-je demeurer aux lieux où ton courroux
Lui porta loin de moi de si funestes coups;
Je vins ici repandre, en cet excès d'injure,
Au sein de l'amitié, les pleurs de la nature;
Mais je ne croyois pas en m'approchant de lui,
Respirer avec toi le même air aujourd'hui;
Après m'avoir puni sur mon malheureux pere,
Venge toi sur moi-même, assouvis ta colere;
Mais lorsque ton courroux se sera satisfait,
Tu perdras ta vengeance & tu n'auras rien fait,
Et si tu crois devoir ordonner nos suplices,
Punis les trois Cantons, tous trois sont nos complices,

SCENE IV.

GESLER, ULRIC, TELL, MELCHTAL, CLÉOFÉ & son fils.

CLÉOFÉ, *à la Garde.*

JE veux voir mon époux: vous m'arrêtez en vain.
Ah... Gesler! ah cruel! hé quel est ton dessein?

Le refus d'un égard si vain pour ta puissance
A-t-il à cet excès allumé ta vengeance ?
Je t'amene mon fils, veux-tu dans ton courroux ?
Le séparer d'un pere & moi de mon époux ?
Ah ! si ton cœur est sourd à ma foible priere,
Que mon fils, qu'un enfant désarme ta colere ;
Vois ses pleurs, son effroi, c'est là tout son appui :
Qui peut parler pour nous plus puissamment que lui ?
Si de l'humanité tu braves le murmure,
Seras-tu sourd encor au cri de la nature ?
Si le ciel t'a fait pere, une si douce loi
Est-elle en autrui même étrangere pour toi ?

TELL.

Arrête, Cléofé ; dans tes vives allarmes,
Quelle main cherches tu pour essuyer tes larmes ?
Melchtal est devant toi : peux-tu donc recourir
Au bourreau de ton pere, & croire l'attendrir ? . . .
Qu'ordonnes-tu, barbare ?

GESLER.

Au milieu de la place,
Je devois par ta mort châtier ton audace,
Je change de pensée. Ecoute, tu te plains
Que j'asservis la Suisse à mes caprices vains :
Mais enfin cette loi que toi seul viens d'enfreindre,
Qu'il falloit respecter, qu'au moins il falloit craindre,
Arbitraire peut-être, absurde si tu veux,
N'avoit rien de pénible & rien de dangereux ;
C'étoit l'ordre d'un jour, c'étoit là loi commune ;
Tu l'as bravée ; hé bien je vais t'en prescrire une :
Arbitraire de même & plus dure pour toi,
Qui sera ton supplice au moins par ton effroi.
On dit que par ta main une flèche lancée
Vole aisément au but où tu l'as adressée ;
Pour te punir, pour mettre à la révolte un frein,
De ton adresse ici dépendra ton destin,
Voilà ton fils ; je veux qu'une pomme à ma vue
Sur sa tête à l'instant par toi soit abattue.
Qu'on entoure son fils, gardes, répondez-m'en.

CLÉOFÉ.

Qu'entends-je ?

MELCHTAL.

O perfidie !

TELL.

Oses-tu bien, tyran ?

CLÉOFÉ.

Arrêtez, quoi ! mon fils !

TELL.

Un enfant, ta victime !

CLEOFÉ.

CLÉOFÉ.

Ah ! Tell ! cruel Gesler !

GESLER.

Viens expier ton crime,
Viens aux yeux de ce peuple autour de nous rangé
Dans cette même place où tu m'as outragé.

MELCHTAL, *rapidement.*

Barbare ! quoi ! par-tout tu poursuis la foiblesse !
Ces deux âges sacrés, l'enfance & la vieille,
Tout ce qui peut fléchir même la cruauté
N'est qu'un attrait de plus pour ta férocité.

GESLER.

Songe à remplir mon ordre.

TELL.

Ah ! plutôt prends ma vie.

CLÉOFÉ.

Ta rage dans mon sang pourroit être assouvie ?

TELL.

J'exposerois mon fils à périr par ma main.

GESLER.

Obéis, ou ton sang. . . .

TELL.

Frappe donc, inhumain.
Arrache-moi ce cœur tendre, mais intrépide,
Qui se jette entre un fils & ta haine homicide,
Ce cœur que ta barbare & lâche invention.
Fait palpiter d'horreur & d'indignation :
Peux-tu bien te flatter qu'un pere ici partage
Contre son propre sang tout l'excès de ta rage ?
Peux-tu, lui prescrivant une exécrable loi,
Tyran, le croire encor plus féroce que toi ?

GESLER.

Vainement pour ton fils ta tendresse compose,
Ne crois pas te soustraire à la loi que j'impose ;
Je t'ai donné mon ordre, on ne peut l'éluder ;
Je veux être obéi, mourir n'est pas céder.
En remplissant ma loi, la fortune ou l'adresse
Est la ressource encor que ma bonté te laisse :
Tu peux me satisfaire & conserver ton fils.
Mais si ton cœur s'obstine, & si tu n'obéis,
Tu péris pour ton fils ; mais sa mort est certaine,
Je l'immole avec toi.

TELL.

Quelle rage inhumaine !

CLÉOFÉ.

Ah ! n'impute, cher Tell, tous nos malheurs qu'à moi.
C'est moi qui t'ai perdu par trop d'amour pou toi.
Quoi, Gesler ! quand mon fils redemandant un pere,
Joint devant toi ses pleurs aux larmes de sa mere,

C'est à ta vue, ô ciel! que tu peux concevoir
Le plus cruel dessein, le forfait le plus noir;
Barbare! tu me fais l'instrument de ton crime,
Je t'aurai donc moi-même indiqué ta victime;
Ici du sang d'un fils j'aurai marqué mes pas;
Il est un Dieu vengeur, il ne souffrira pas
Que de nouveaux forfaits s'amassent sur ta tête;
Il en est qu'il permet, il en est qu'il arrête.
Prens garde, tu te fais un jeu lâche & cruel,
D'enfoncer le poignard dans ce cœur maternel;
Tu jouis inhumain du tourment que j'endure;
Mais il n'est point de cœurs liés par la nature,
Point de cœurs généreux & faits pour la sentir,
Où mes cris douloureux ne doivent retentir;
Chaque mere témoin de ta rage effrénée,
Craignant de ta fureur la même destinée
Me servant contre toi de juge & de soutien,
En t'arrachant mon fils, croira sauver le sien.
Oui, je me flatte encor que tant de violences,
Des familles par-tout vont armer les vengeances,
Et qu'enfin mon pays purgé de tes forfaits,
Du joug de tes pareils sera libre à jamais.

GESLER.

Allez, c'est trop tarder à punir leur audace,
Que leur fils à l'instant soit conduit dans la place.

GLÉOFÉ, *se jettant sur son fils qu'elle arrache des mains des soldats.*

Il n'ira point; cruels, respectez mon effroi,
Mes larmes, mon amour, l'appui que je lui doi;
Respectez & mon fils & sa mere enhardie,
Tant qu'un reste du sang qui lui donna la vie
Animera ce cœur, ce cœur désespéré,
Je sauverai mon fils ou je le défendrai;
Ta menace, tyran, ta rage est inutile,
Ce sein qui l'a nourri lui servira d'asyle.

GESLER.

C'est trop de résistance; obéissez, soldats;
Qu'elle rende son fils, ou frappez-le en ses bras.

TELL, *de désespoir.*

Hé bien! tu me réduis par ta loi sanguinaire
Au plus horrible état où fut jamais un pere;
Je ne puis éviter ton funeste courroux
Et même en te cédant, je reste sous tes coups;
Mais j'atteste à tes yeux, j'atteste ma patrie,
Témoin de ma douleur & de ta barbarie,
Que si mon fils pret dans un si grand danger,
Ce sang qui m'est si cher .... le ciel doit le venger.

CLEOFL, *suivant son fils.*

Mon fils! ah, malheureux! ah, Tell! tu m'as perdue.

Elle sort

SCENE VI.

GESLER

Toi, dans la place, Ulric, fais garder chaque issue ;
Soldats, vous le suivrez, vous savez son arrêt,
Que Tell cherche une flèche, un arc ; que tout soit prêt,

MELCHTAL.

Grand Dieu ! Dieu tutélaire !
Confond cet inhumain, venge & protege un pere.

ACTE IV.

SCENE PREMIERE.

CLÉOFÉ, *désespérée, se jettant sur un tronc d'arbre ou contre un rocher.*

Que devient-il ? où suis-je ? où vais-je ? le cruel !
Où porter ma douleur & mon trouble mortel ?
Pour écarter mes pas une garde est placée ;
Mes cris n'ont pu percer, & ma voix est glacée.
Comme ils l'ont entraîné tout palpitant d'effroi,
Dans les pleurs, dans les cris, les bras tendus vers moi !
Ah, Gesler ! ah, tyran ! ah, mere infortunée !
Gage trop malheureux d'un si cher hymenée ;
O, mon fils ! quand je cours à ton pere opprimé,
Je vois contre ta vie un scélérat armé,
Et le peuple le souffre ; & leur regard stupide
Se repaît à loisir des fureurs d'un perfide,
Les angoisses de Tell, les dangers d'un enfant,
Mes maux sont un spectacle ; ô trop affreux instant !
L'heure avance ; ô terreur ! je crois voir dans la place
Sous la flèche mortelle.... ah ! tout mon sang se glace ;
Le jour d'un voile épais se couvre devant moi ;
Je succombe à l'horreur, je me meurs dans l'effroi.

SCENE II.

CLÉOFÉ, UNE AMIE DE CLÉOFÉ.

L'AMIE.

Hé quoi ! dans les tourmens de votre inquiétude,
Fuir loin de votre amie en cette solitude,
Pour vous abandonner à vos mortels ennuis.

CLÉOFÉ.

Hélas, sais-je où je vais ! hélas, sais-je où je suis !
Mon fils n'est plus, il meurt, ces momens sont horribles.

L'AMIE.

Je n'ai vu que des cœurs à vos malheurs sensibles ;
On pleure sur son sort, on pleint Tell, on vous plaint ;
On déteste Gesler, on espere & l'on craint.
Par mille vœux ardens le peuple avec instance
Demande que du ciel la suprême puissance
Daigne de votre époux guider l'œil & la main ;
Ah ! Si Tell... Dans ses yeux on a lu ce dessein,
Oui, s'il pouvoit lancer d'une main assurée
Sur un monstre perfide une flèche acérée,
Sans doute avec transport on verroit Tell vengé ;
Mais de trop de regards il se voit assiégé,
Et Gesler qu'environne une garde nombreuse
Est à l'abri de coups d'une main courageuse.
On dit que votre fils éperdu de terreur,
En revoyant son pere a calmé sa frayeur,
Qu'il lui tendoit ses bras, lui demandoit sa mere ;
Vous cherchoit au milieu d'une foule étrangere ;
Que Tell le rassuroit dans ce cruel assaut,
Et lui donnoit l'espoir de vous revoir bientôt ;
Le serrant dans ses bras, & malgré tant d'alarmes,
Commandant à son cœur & retenant ses larmes ;
Gesler alors d'un geste a donné le signal,
Je n'ai pu demeurer à cet ordre fatal,
J'ai fui loin de la place, & pleine de mes craintes,
J'ai couru de vos maux partageant les atteintes,
Attendre ce qu'ici doit ordonner de vous,
Ou le ciel favorable ou le ciel en courroux.

CLÉOFÉ.

Quel mouvement au loin ! je sens un nouveau trouble !
Quel tumulte sinistre, il approche, il redouble ;
Le peuple se disperse avec des cris confus ;
On me voit, on m'évite, ah, mon fils, tu n'es plus !
Tu n'es plus ; je suis mere & je puis te survivre ;
Non, au même tombeau je jure de te suivre ;
Mais on vient, je frissonne, apprenez-moi mon sort,
Ne me consolez point, mon fils sans doute est mort.

SCENE III.

CLÉOFÉ, FURST.

FURST.

Non, il vit, Cléofé, le ciel vous le renvoie.

CLÉOFÉ.

Il vit ! ciel ! est-il vrai ! je succombe à ma joie.

FURST.

Dans la place d'Altdorff, près d'un arbre arraché,
Aux yeux de tout ce peuple interdit & touché,

Il attendoit son sort. Le Gouverneur arrive,
Il traverse avec Tell cette foule attentive.
Tell voit son fils, s'arrête & jette vers le ciel
Un regard où se peint son désespoir mortel.
Le tyran qu'enflamoit la soif de la vengeance
Laisse voir dans ses yeux sa barbare espérance;
Tout le peuple en silence observe avec terreur;
Cependant votre époux, surmontant sa douleur,
S'éloigne à la distance que le tyran l'exige,
Il tire, & soit hazard, soit qu'un si grand prodige
A la nature seule eût été réservé,
La pomme est abattue & son fils est sauvé;
Soudain l'air retentit de mille cris de joie,
De Tell, dans tous les cœurs le bonheur se déploye;
Plus ils trembloient pour lui, plus son habileté
A sortir d'un péril si grand, si redouté,
Vient d'enflamer pour lui leur ame soulagée,
En admiration la pitié s'est changée,
Et le cruel Gesler que ce triomphe aigrit
Ne renferme qu'à peine un farouche dépit.

CLÉOFÉ.

Ah! je cours vers mon fils, mon cœur vers lui s'élance.

FURST.

Le peuple le ramene, & vers vous il s'avance.
Nous, courons profiter des momens où Gesler.
Devient plus odieux & mon ami plus cher.

SCENE IV.

GESLER, TELL, GARDES *du Gouverneur.*

TELL.

BARBARE! près de toi quel ordre me ramene!
Laisse-moi respirer de cette horrible scene,
Laisse sécher les pleurs qu'elle m'a fait verser,.
Te montrer à mes yeux, c'est la recommencer.

GESLER.

Tu savois de Gesler quelle étoit la menace,
Tu savois à quel sort s'exposoit ton audace;
J'ai fait ton châtiment seulement d'un danger,
Songe que d'autres coups auroient dû me venger.
Et pour les jours d'un fils, quand tu cesses de craindre,
Lorsque tu l'as sauvé, cesse enfin de te plaindre.

TELL

Oui, oui, je l'ai sauvé, j'étois sûr de ma main;
Crois-tu, si du succès je n'eusse été certain,
Que je t'eusse obéi. Barbare! ah, ciel! insulte,
Insulte à ma tendresse, à mes sens en tumulte;
Mets ton indigne joie à retourner, cruel,
Le trait encor resté dans ce sein paternel.

Tigre qui de mon sang brûlois de te repaître,
Assassin de mon fils autant que tu peux l'être,
Ta fureur espéroit qu'un coup d'œil incertain,
Que la nature même égareroit ma main ;
Le ciel n'a pas voulu que mon fils fût ta proie,
Le ciel voulut t'ôter cette barbare joie ;
Mais mon cœur s'en est-il senti moins tourmenter,
Etoit-ce moins un prix horrible à remporter !
As-tu moins mérité par un si noir caprice
Que tout ce qui respire avec moi te maudisse ;
On a vu des tyrans dans un premier transport
Donner à l'innocence ou des fers ou la mort,
Et ce prompt mouvemenr de leur fureur extrême
Pouvoit servir d'excuse à leur cruauté même ;
Mais calculer ses coups, mais porter dans un cœur
L'image du danger pire que le malheur,
Lui faire ainsi souffrir tous les maux qu'il redoute,
De ce poison mortel l'abreuver goutte à goutte,
C'est un art d'opprimer inconnu jusqu'à toi.
J'ai fait ta volonté ; quelle que fût ta loi,
Tu me l'as vu remplir ; une assez rude peine,
Un supplice assez grand m'acquitte envers ta haine ;
Laisse-moi m'éloigner, rends-moi ma liberté.

GESLER.

A toi qui me bravois, dont la témérité.....
Est-ce là ton attente ? est-ce là ma promesse ?

TELL.

Quel est ce nouveau trait de ta scélératesse ?
Perfide ! Quels sont donc ces indignes détours ?
Que prétends-tu ?

GESLER.

D'un fils tu conserves les jours,
Je veux bien t'épargner pour prix de ton adresse,
Tu m'outrageas, tu vis après ta hardiesse,
Rends grace à ma clémence.

TELL.

O sort ! ô vœux trahis !

GESLER.

Mais quelle flêche encor vois-je sous tes habits ?
Traitre, tu la cachois, qu'en prétendois-tu faire ?

TELL.

Ce que j'en aurois fait !

GESLER.

Oui, réponds, téméraire,
Pour qui la gardois-tu ?

TELL.

Pour toi-même, inhumain,
Si mon fils eût péri je t'en perçois le sein ;
Et de son meurtrier punissant la furie,
J'eusse encor d'un tyran délivré ma patrie.

GESLER.
Qu'on le charge de fers, qu'on l'ôte de mes yeux;
Allez, délivrez-moi de cet audacieux.
J'ordonnerai bientôt le châtiment du traître;
Il servira d'exemple.

TELL, *à part.*
Et d'époque peut-être.

SCENE V.

GESLER, ULRIC.

GESLER.
Un tel excès d'audace en un rang aussi bas!

ULRIC.
Il est de ces mortels dans les plus vils états,
De ces séditieux aigris par leur bassesse,
Qui pour se distinguer n'ont que la hardiesse,
Plus leur sort est obscur, plus leur rang est abject,
Plus ils osent franchir les bornes du respect;
Point de milieu pour eux, la crainte ou la licence,
L'obéissance extrême ou l'extrême insolence:
Ne prétendant à rien, qu'ont-ils à ménager?
Pour changer de fortune, ils bravent le danger,
A leurs yeux insensés la révolte est la gloire.

GESLER.
Ah! je vais l'en punir, Ulric, & tu peux croire.
Que dès ce jour.... mais non, ne précipitons rien,
Ce téméraire ici n'étoit pas sans soutien.
Tu le vois, sa fureur attentoit à ma vie,
Et jusqu'à s'en vanter, le perfide s'oublie.
Ce n'est point tout d'un coup qu'avec sécurité
On s'éleve en public contre l'autorité;
Qu'à la rebellion la plus déterminée,
L'ame d'un furieux doit s'être abandonnée,
Il faut dans les esprits à tout événement,
S'être formé de loin un secret ralliment:
Tout annonce en ce traître une ame fanatique,
Une volonté forte & qui se communique,
Il est un vrai complot, mais ce dessein hardi,
Ailleurs que dans ce lieu veut être approfondi.
Avec joie ils ont vu sa désobéissance,
Cette témérité flattoit leur impuissance;
Ils aimoient un mortel qui sembloit en leur nom
Venir briser le joug où je tiens ce Canton,
Et le salut d'un fils qu'il doit à son adresse,
De leur secret triomphe a redoublé l'yvresse.
Non, ne laissons point croire aux esprits prévenus,
Qu'après m'avoir bravé l'on osoit encor plus;

Des regards de ce peuple éloignons ma victime,
Eloignons ce Melchtal qu'un même esprit anime;
Je veux dès ce moment pour mieux m'assurer d'eux,
Qu'à la tour de Kus-nac ils soient conduits tous deux:
Courez, & qu'à l'instant une barque soit prête.

SCENE VI.

GESLER, ULRIC, UN OFFICIER.

L'OFFICIER.

Si long-tems en ces lieux quel dessein vous arrête!
Seigneur, les jours de Tell à ce peuple sont chers;
On se plaint hautement qu'arrêté dans vos fers,
Après qu'il s'est soumis à vos loix vengeresses,
Il ne ressente point l'effet de vos promesses.
Le passage du Lac paroît plus fréquenté,
Et depuis que du jour s'affoiblit la clarté,
Au-delà de ce Lac vos surveillans fideles.
Ont cru voir s'embusquer plusieurs de ces rebelles.

GESLER.

Hé bien! ils me verront : précipite tes pas;
Sur le bord opposé fais passer des Soldats;
Que la garde du fort par eux soit renforcée,
Qu'autour de mon palais une autre soit placée.

SCENE VII.

GESLER, ULRIC.

GESLER, *à Ulric.*

Viens, entrons dans la barque avec mes prisonniers,
Aux portes de la tour qu'ils meurent les premiers,
Que le reste frémisse, ils apprendront les traitres,
Si c'est impunément qu'on s'attaque à ses maitres.

ACTE V.

SCENE PREMIERE.

CLÉOFÉ, FURST.

FURST.

Ou courez-vous? ô Ciel! quel transport effréné?

CLÉOFÉ.

Mon époux dans les fers sur le Lac entraîné!
Tu souffres qu'arrêté dans cet horrible piege,
Sous les coups du tyran!... Mais de quoi m'étonné je!
Tu viens de voir mon fils à la mort exposé,
Tu l'as vu sous la flêche & tu n'as rien osé,

C'étoit-là

C'étoit-là le moment de soulever la Suisse,
Tu l'as perdu : va, fuis, redoute le supplice ;
Crains Gesler, même absent ; tu n'éviteras pas
Les yeux qu'il va partout attacher à tes pas ;
Fuis, ou sans t'exposer au danger de la fuite,
D'ennemi des tyrans, fais-toi leur satellite,
Et cours de ton pays recherchant les soutiens
Distribuer la mort à tes concitoyens.
Je cours vers eux ; le sang qui coule dans mes veines.
Est le sang généreux de ces républicaines,
Qui du haut des remparts de Zurich assiégé ;
Forcerent à la fuite Albert découragé.
Je vais de ce pas même, oui, je cours éperdue
Appeller à grands cris dans la foule inconnue
Des défenseurs de Tell plus ardens mille fois
Que tous ces vains amis dont il avoit fait choix.

FURST.

Arrêtez, Cléofé, déjà votre imprudence,
Bien excusable, hélas ! en prenant sa défense ;
Vient de mettre en péril les jours de votre fils ;
N'allez pas éventer nos desseins par vos cris,
La Suisse vous feroit un trop juste reproche,
Plus que vous ne croyez l'instant heureux approche ;
Où de ses oppresseurs ce peuple est délivré.

CLÉOFÉ.

Comment ! que dites-vous? quel sort inespéré ?

FURST.

Pour venger la patrie & dissiper vos craintes,
Nous n'avons attendu ni vos maux ni vos plaintes,
Et l'infame Gesler par ses derniers excès,
Précipite aujourd'hui l'effet de nos projets ;
Tandis que sur le lac infesté par ses crimes,
Le perfide lui-même entraîne ses victimes,
C'est sur le même lac que le brave Werner
A couru vers le fort & devancé Gesler :
Oui, Werner, avec ceux qu'en secret il commande,
Attend sur l'autre bord que ce monstre y descende ;
Là, fondant tout-à-coup sur ce lâche mortel,
De ses barbares mains ils vont délivrer Tell,
Ils vont plonger le fer dans le flanc du perfide.

CLÉOFÉ.

Et vous ne suivez point le transport qui les guide ?
Tranquille dans Altdorff vous n'êtes point jaloux
D'oser sur un tyran porter les premiers coups.

FURST.

Regardez cette tour dont le nom despotique
Insulte assidument tout le peuple helvétique,
Là mettant à profit l'absence de Gesler,
Nous devons tous entrer, chacun cachant un fer :

Un de nous vers la nuit doit dans la forteresse
Nous introduire tous par une heureuse adresse,
La ruse contre un monstre est permise aujourd'hui,
Et si nous l'employons le blâme en est à lui.
Une fois dans le fort notre troupe élancée,
Une fois de ses murs la garnison chassée,
Nos mains de toutes parts aux châteaux des tyrans
Porteront & la hâche & les feux dévorans,
La fuite contre nous sera leur seul asyle;
Attendez ces grands coups d'un esprit plus tranquille;
L'heure avance où je dois rejoindre mes amis,
Plus de retardement ne peut m'être permis,
Je vais, par les effets confirmant ma promesse,
Justifier ici l'espoir que je vous laisse,
Encor quelques momens, vos reproches sont vains;
Tout change, & notre joug est brisé par nos mains.

SCENE II.

CLÉOFÉ, *seule.*

ACHEVE Dieu puissant, entraîne dans l'abîme
Un monstre sur lui-même aveuglé par le crime,
Anéantis nos maux; mais que leur souvenir
Contre de tels malheurs nous serve à nous munir,
Conserve la patrie, & s'il faut que la Suisse
Du joug d'un insensé dans l'avenir rougisse,
Ah! du moins la vertu que fatiga long-tems
Cette sorte de gloire accordée aux tyrans
Verra par l'oppresseur qui nous tint sous sa chaîne
La vile tyrannie en mépris comme en haine,
Et pour l'honneur des mœurs & de l'humanité,
Le dernier des mortels dans le plus détesté.
Mais le jour s'obscurcit & cet épais nuage
En tournant vers le lac y dirige l'orage,
La foudre roule au loin, & les vents entendus
Confondent dans ce bruit leurs sifflemens aigus,
Tout mon cœur se remplit de mortelles allarmes;
Ah! pour perdre un tyran, grand Dieu, prens d'autres armes,
Et s'il doit être en proie aux vagues en courroux,
Daigne les applanir pour sauver mon époux.....
Hélas! l'orage augmente, & ma priere est vaine,
Je frissonne de crainte, & je respire à peine,
Mon époux va périr. Juste ciel! confonds-tu
Dans le même destin le crime & la vertu.....
Me trompai-je? les vents déja loin du rivage
Semblent chasser la foudre & porter le ravage;
Calme inutile, hélas! l'époux qui m'est si cher
Echappe à la tempête & non pas à Gesler.

Sans relâche frappée en ce jour trop funeste,
L'orage se dissipe, & ma terreur me reste.

SCENE III.

MELCHTAL, CLÉOFÉ.

CLÉOFÉ.

En croirai-je mes yeux? eh quoi, Melchtal, c'est vous,
Je vous vois seul; parlez? reverrai-je un époux?
Qu'avez-vous fait de Tell?

MELCHTAL.

Il est libre.

CLÉOFÉ.

Qu'entends-je?

MELCHTAL.

Au comble de revers notre fortune change.
Le tyran, la tempête, enfin tout ce qui dût
Servir à notre perte, a fait notre salut,
Et l'on ne vit jamais dans un sort si funeste
Un effet plus marqué de la faveur céleste.
Nous traversions le lac, & Gesler l'œil sur nous,
Lui-même exécutant l'arrêt de son courroux,
Vers la rive opposée & le fort qu'il habite,
Fier de ses attentats, voguoit avec sa suite,
A côté du pilote est l'armure de Tell,
Dont s'étoit par prudence emparé le cruel.
Mais au milieu du lac nous avancions à peine,
S'éleve une tempête effroyable & soudaine,
Par les vents en fureur les flots amoncélés
Se croisent sur la barque en assauts redoublés;
Tout est près de périr. Gesler craint pour sa vie;
Le ciel semble en effet punir sa barbarie:
Mais c'est sur son orgueil qu'avec étonnement
Nous avons vu tomber le premier châtiment.
Admirez avec moi le ciel dont la puissance
Abaisse les humains & confond l'insolence.
Tandis que tout s'alarme, & Gesler & les siens,
Que l'orage s'accroît, que l'art est sans moyens,
On avertit Gesler, que, conducteur habile,
Tell seul peut commander à la vague indocile:
A cet avis propice, autant qu'inattendu,
Un cri par-tout s'éleve, & l'espoir est rendu.
Gesler est combattu, Gesler frémit de rage,
Mais le péril pressant, mais l'aspect du naufrage,
De tous les passagers les cris impérieux,
Son pouvoir éclipsé devant celui des cieux,
Tout le force à céder. Gesler contraint sa haine;
De Tell avec dépit il détache la chaîne;

Tell passe au gouvernail en ces extrémités,
Exigeant que Melchtal soit libre à ses côtés.
Quel spectacle ! un tyran que la vengance anime,
Forcé d'avoir recours à sa propre victime;
Voyant la sort des siens, son destin tout entier
A la seule merci d'un vaillant prisonnier;
Tell du milieu du lac arrache avec adresse
La barque que les vents se disputoient sans cesse,
La tourne vers un bord moins battu par les flots,
Où d'un roc applati le sommet sort des eaux,
L'espérance renait, il s'efforce, il approche,
Prend son carquois, s'élance avec moi sur la roche;
D'où, renversant du pied la barque & nos tyrans,
Nous les avons plongés dans les flots écumans.

CLÉOFÉ.

Ce n'est donc point en vain, juste ciel! qu'on t'implore;
Mais que fait mon époux; quel soin l'arrête encore.

MELCHTAL.

Il m'envoyoit vers vous en cet événement
Pour vous instruire ici de ce grand changement,
Hors d'un pareil danger sa premiere pensée,
Est d'ôter la terreur qu'il vous avoit laissée,
Au bord de ces rochers il est encor resté
Pour s'assurer du sort d'un tyran détesté;
Cependant on accourt de loin sur son passage,
Les uns de ces rochers, les autres du rivage,
Ils cherchent un mortel qui peut tout surmonter,
Que le péril approche, & semble respecter,
De revoler vers lui j'ai donné ma parole,
Souffrez que de ce pas....

CLÉOFÉ.

Je vous suis & j'y vole;
Gesler, dans les rochers!

SCENE IV.

GESLER, MELCHTAL, CLÉOFÉ.

GESLER, *gravissant le long des rochers.*

Les perfides!

MELCHTAL.

O Ciel!
Notre victime!

CLÉOFÉ.

O Dieu!

MELCHTAL.

J'y cours.

CLÉOFÉ.

Malheureux Tell!

GESLER.

Cherchons Tell, que le traître aux supplices en proie.

SCENE V.

TELL, MELCHTAL, GESLER, CLÉOFÉ.

TEEL, *paroissant sur les rochers opposés & tirant une flêche sur Gesler.*

Reconnois Tell, barbare, à la mort qu'il t'envoie.

GESLER, *tombant.*

Sort cruel!

CLÉOFÉ.

Cher époux!

TELL, *sur le haut des rochers à pleine voix.*

Liberté! liberté!

Regardez peuple, amis, le coup que j'ai porté,
Sur ce rocher sanglant ma victime étendue;
Voyez la tyrannie avec elle abattue;
Voyez de ce Château son infâme arsenal
Sortir par tourbillons la flâme pour signal,
Qui parcourant les airs sous cet heureux auspice,
Du souffle d'un tyran semble épurer la Suisse.

MELCHTAL, *pendant que Tell descend des rochers.*

Cher & généreux Tell, ah! tu préviens mes coups,
Souffre que mon courage ose en être jaloux
J'aurois voulu qu'un traître à son heure derniere
Sentît qu'il expiroit sous le vengeur d'un pere.

TELL.

Albert va nous poursuivre & venger son trépas;
Mais nés Républicains, nous sommes tous Soldats,
Aisément la valeur sur le nombre l'emporte,
Contre ses ennemis la Suisse est assez forte;
Vous voyez tous ces lacs dont ces lieux sont coupés,
Ces chaînes de rochers & ces monts escarpés,
Boulevards des Cantons, abris de nos campagnes,
Albert ne peut percer jusques dans nos montagnes
Que par les défilés qui serrent nos vallons;
Avant leur arrivée, emparons-nous des monts;
De nos mains ébranlons des roches toutes prêtes,
Qui dès qu'ils paroîtront rouleront sur leurs têtes;
Le trouble & le désordre une fois dans leurs rangs;
Tombons, fondons sur eux ainsi que des torrens;
Que la flêche & l'épée étendant le ravage,
Des bataillons rompus fasse un vaste carnage,
Qu'il ne leur reste enfin pour arrêter nos coups
Que leurs débris sanglans semés entre eux & nous.

MELCHTAL.

Brave Tell, ton discours comme des traits de flâme,

Tu le vois dans leurs yeux, vient d'embrâser leurs ames;
La victoire ou la mort....

TELL.

C'est un vœu trop commun,
Ce sont deux sentimens; peuples n'en ayons qu'un,
Braver le sort n'est rien, il faut qu'on le décide;
La fortune seconde une audace intrépide,
Qui veut vaincre ou périr est vaincu trop souvent;
Jurons d'être vainqueurs, nous tiendrons le serment.

FIN.

www.ingramcontent.com/pod-product-compliance
Ingram Content Group UK Ltd.
Pitfield, Milton Keynes, MK11 3LW, UK
UKHW021530260726
13993UKWH00004B/1914